歌集

栴檀の木

下沢風子

歌集　梅檀の木＊目　次

歌集

栴檀の木

春

早々とクロッカス咲きそらみみの母の声する雪消のむこう

春の戸に風の閂《かんぬき》あるばかりずんずんと来よスミレかかげて

白骨のようなさびしさ一冬を晒しきったる枯茎が立つ

クロッカスは花を閉じたり春いまだたくらみありて大雪降らす

たわむれにあらず艶めく暗紫色の犬サフランの太き二株

たんぽぽに騙されている気がしたりあなたの鬱はほんとうらしい

「缶ビール二本空けたの」春の夜を今日は泣きいる携帯電話《ケータイ》の声

DVを窺わせつつ連合いに戻りゆく女《ひと》　助けられない

勘違い間違いだらけの一世《ひとよ》なり野草のように勁くはなれず

戸を開けて春は待つべし文旦をかかえて少女いま駆けてくる

＊

メーデーに咲きさかりいる山桜この会場にきみいて欲しき

メーデーがお祭りだったその頃の一途な恋の話をしようか

メーデーの若き人らのゼッケンの〈最賃アップ〉に桜ふりくる

斯うこうと半世紀過ぎ公園の桜並木は大樹となりぬ

＊

筒鳥のポッポと声す春山に山菜採りの友ら散りゆく

要らないと言われしダムの青濁り当別の地にいのち鎮もる

ピンネシリの山ふところに聴きに行く五月よろこぶハルゼミの声

エゾハルゼミの大合唱に迎えられ生きてことしの独活《うど》に逢いたり

降るようなエゾハルゼミにつつまれてただオロオロと林道に立つ

林道にひかりはつよくはねかえり野アザミの丈われより高し

ヨモギの葉の白きを摘めば切り口に春の大地の水のあふるる

＊

空よりの黄藤の房のゆったりと垂線としてマントルに垂る

水引のみどりの若葉喰いちらす毛虫は棲めり宇宙の真中《まなか》

おさなごの涙のように花びらを散らしし庭の桜桃も老ゆ

もうとうに疎遠となりし友よりのレンゲツツジは太き木となる

たった二人看取りしだけのわたくしに満天星《どうだん》数千《ちぢ》の花をこぼせり

薬よりいのちよろこぶ七十歳《ななじゅう》はころころ蕗の子汁に放てり

とりどりの傘の花咲く通学路音符のような一団が行く

花嵐吹きてたちまちこぼれくるナナカマドの樹の春の言付け

＊

山下る発寒《はっさむ》川の瀬の音に水より生れしわが耳尖る

発寒の川辺に立てばいずこより吹きくる風か原始の匂い

そのかみの先住人に「琴似又市《ことにまたいち》」と地名辞典に記されてあり

開拓使の名付けたるらし「又市《またいち》」は同化政策いかに生きしか

ビル街に屯田兵舎しずもりて百五十年後の人の歩める

母と父（舅）と

ことしまた母の桜が咲きはじむ懺悔の数ほど花を増やして

母殺すモルヒネ欲りきわたくしに知らんぷりして桜咲きつぐ

〈おにぎらず〉は淋しからずや　ゆで玉子・バナナ・おにぎり母さんがいた

遺されし安楽椅子にもたれつつ母のぶんまで花合歓見つむ

病床の母のプラチナネックレス鉄鎖のように繋ぎいたりき

天狗山の眼下に探す杳き日の母と暮しし梅ヶ枝町を

手宮越えいずこの海に遊びしや幼すぎたる夏は憶えず

鬼っ子のわたしのそばにわれに似ぬ美しき母あり入学写真に

手宮小のグランドに垂る崖の藤記憶の中に美しく咲きたり

さんすうがキライになったワケ最後まで残されし児はウサギと遊べず

胎内にわれは聴きしか蝉しぐれ美男におわす大仏さまと

「しみ豆腐はねそおっと押すの」母さんの薄きてのひら　幸せだったか

＊

山のごとき愛とうべきか遺伝子にまぎれていたり父の偏執

姉とわれに放蕩の血の流るるを問いつつ食《た》ぶ皿の鹿肉

基督に許されしとも父はなおわたくしにイスカリオテのユダ

守られし記憶を探す色褪せし写真の父は子よりも若し

『カラマーゾフの兄弟』読めば愛憎の父と異母弟《おとうと》われに鮮《あたら》し

石狩の夏草猛くかがやきて海背《うみせ》に吹かるる舅《ちち》・姑《はは》の墓

石狩の海近く棲む義姉《あね》二人津波のがるるすべなきを言う

漁師たりし舅《ちち》の自慢の石狩の「鼻曲り鮭」食みきいくとせ

石狩の海より聞こゆる舅の声　鉄塔沿いに颪の道ある

野のむこうまっすぐは海地吹雪の叱責の声受けつつ歩む

夏

志とげたるのちの赤き実がチシマザクラに小さく結ぶ

六月の花嫁のようなクレマチス婚なさぬ子をこの家は抱く

フウロソウ・テッセン・ウツギ白花を揺らしてゆけり六月の風

花殻を摘みとる度に桔梗《ききょう》は乳の痛みの白あふれさす

桔梗の咲くときポンと音がするような曇天ふみ月終わる

例うれば吾亦紅とう花として戦ぎていたり八月の死者

鬼百合と水引草とそれぞれの弧を描きつつ夏の日は逝く

親不孝親不孝者といいながら伸びつづけゆく庭のあらくさ

巻き戻してみたきこの世の密かごとしらず紫紺のオダマキ盛る

*

からまつの林より少女陽子が歩みくるなり記念館まで

大幹を巻き締めのぼる力もつツルアジサイは白きくちなわ

蔓あじさいとなりて一木《いちぼく》巻きしむる殺むるごとき恋のありしか

軍服の祖父の写真のふいに顕つ「師団通り」がここと示され

喧騒を知らざるごとし旭川駅の広きに人語ゆるびぬ

もう一度ゆっくり来ます老ゆるとうかなしみ知らぬ陽子に会いに

*

ＹＯＳＡＫＯＩの女男《めお》の顔《かんばせ》化粧され祈りのごとく地に湧き踊る

紅ひとつ唇になぞれば古代より妖しき呪力持てりおみなは

芝を刈るただ芝を刈るこの家の脱出したき媼も刈りぬ

ゆびさきを緑に染めて虫潰すカンダタの糸われに降り来ず

露草は抗いもせず抜かれたり女主人《あるじ》のご機嫌悪く

凸凹《でこぼこ》の道につまずくかたわらに万のエンドウ花咲くところ

弟切草《オトギリソウ》の一日花に群がれる蜂の懸命花の賢明

うすれゆく記憶とどめる亜麻の花わたしに似ない母のことだよ

親不孝ゆえのスズメノカタビラが母七回忌の庭に増えゆく

雨晒しのひとりぼっちのベンチには母が夏の日うっとり座る

ジゴクノカマノフタという名が付いて花よ花には花の不条理

キランソウ

おさなごの選ぶクレパスピンク色イヌノフグリは空色選ぶ

いっしんに草を引く夏至　無心とはビニール袋三つのかたち

芝の下に蟻の帝国あるらしくわらわら兵ら足に登りく

蟻の巣に寄れば果敢に登りくる兵と思えり二十世紀の

暑すぎて怠けつづけし芝刈りに働き蜂の羽音唸りぬ

南極の氷とけゆく暑き夜にシロクマ踊るＣＭはあり

＊

朝は雨、朝里《あさり》・築港《ちっこう》すぎしのち山蟻猛き墓所の炎天

長橋《ながはし》の急坂四つ登りゆく　十六歳下《じゅうろく》の夫の待ちます

ミソハギの禊《みそ》ぎの花の紅き色夫と母とに分けて供うる

長からぬ運河に沿いて人あふれ古き通りはシャッター下ろす

休みいる大観覧車、海風に回って見せよ鴎のように

若き母の勤めし「市立小樽病院」標本室の怖さを言いき

「北のウォール街」と呼ばれし盛衰のうつうつとして古き建物

銀行街歩みてゆけば向うより面長の多喜二来そうな夕暮れ

いまはなき手宮駅へとゆく鉄路おおちちいかな商いなせり

海に向き江差追分の歌碑あれば〳〵おしょろたかしま……風に聞こゆる

〈海猫屋〉小樽にふさう名を持てるイタリアンの店閉店と聞く

夫と子ら

余命など知らずにきみと眺めいき南部線沿い花みつるなか

鹿島田《かしまだ》とう駅に降り立ち桜見し眼《まなこ》のままにきみと別れき

きみの目に終《つい》の桜となりし後《のち》ソメイヨシノを深々《ふかぶか》と見ず

バッサリと芯止められて檜葉の樹は老いを知らないきみのようだよ

幻の椅子に座しおり団欒に祖父としてまみえざりしきみよ

背骨のみ残して食みき角皿の秋の魚と彼と帰らず

わたくしにかつて背きし夫在らば鋭き爪十指黒く染めんに

9・11、3・11ともに知らざる夫なりき　きみ香《かぐわ》しき時代《とき》に生きしよ

偲ぶ会の二十年前のアルバムに等しく若き友たちがいる

ふたたびの偲ぶ会あり仲間ありきみは知らずや二十年後を

とこしえの男まざまざ浮かびくる檜葉の暗さの下歩むとき

＊

吾子よりも先に泣くゆえ「おしまい」と言えず閉じにき『たつのこたろう』

あどけなき子ろを抱けど辞めざりき富士を冠せる会社のひとつ

生涯にたった二人の子を産みき春は流離の卵《らん》を思うも

「強いお母さんが好き」といいし娘《こ》よ微笑まんとし口角歪む

死ぬことの切羽詰まらず余白多きエンディングノートに押し花はさむ

あと十年生きて欲しいと請われればほおと咲くだろ鬼百合として

おかっぱの入学写真のわたくしを座敷童子と呵々笑う子ろ

おのこごは黙って舟を漕ぎいたり溺れそうなる母を抱えて

息子《こ》の背にくくられて乗るハーレーは玉ネギ畑を凱旋したり

うつくしき緋連雀きて占えり娘と鳥と発つさきわいのこえ

良きおのこ得てわたくしを捨てゆける娘の巻くストール野火の火の色

*

きみの知らぬ家族がふたり増えました墓にそば立つ木洩れ日の中

墓参終え小樽運河に浮かびいる水母《くらげ》ひとつを五人で覗く

丹帆《にほ》ちゃんが昇りたしとう火の見櫓に立てば小樽の商都はるけし

シンデレラの靴となるべしおさなごは矯正靴を履きて歩める

ランドセルは夢の入れ物弾みゆくうしろ姿に大きくゆれる

バァちゃんより友だちがいい一年生すこし離れてうつむいてゆく

徒競走どんなに悔しいことだろう宙《そら》はみてるよあなたの未来

叱られて身を震わせて泣いていたあの子の指《および》のようなつくしんぼ

写メールの中にぐんぐん育つ子よあなたに風の匂いがしない

児のくるるお年玉入りポチ袋　書かれし文字の点画《てんかく》の良き

*

神様の畏れを知らずヒトはいま方舟に乗る胎児を選ぶ

息吸えば産声となり泣くものか母なる海が恋しといいて

マヒの手に受くる赤子のやわらかさふわりと抱けば涙こぼるる

産れしとき世は混沌の闇にして児は無防備に手足をひろぐ

しわしわの手足撓めて変顔の弥生の赤子は大雪降らす

命名権はママにあるらし羊水をまだ吐く赤子ときどき二重瞼《ふたえ》

乳足《ちた》らいてうっとり眠るみどりごの繭のようなる明るさを抱く

*

水平線見ていたろうかわたしたち海沿いの町いくつ越えきて

約束を言いさすように目見ゆなり柩の中の小さきお顔に

出棺の野辺の送りに雨は降る利尻の島のけぶりて見えず

より目してむし笑いして眉根寄す泣いて赤子は系譜をつなぐ

栴檀《せんだん》の木（3・11以後）

滅びゆく国に降りつむ白雪か灼熱の炉に冷ゆるまで降れ

あぢさゐに腐臭ただよひ　日本はかならず日本人がほろぼす　塚本邦雄

にんげんもノウゼンカズラを這う蟻も「心配ない」という放射能浴ぶ

はっきりとヒトの滅びを意識する9・11、3・11以後のわたくし

泥舟に乗ってしまいしわたしたち五十四基の重さを抱う

*

福島に入りてマスクを外しおり同じ空気を吸わねばならぬ

全村避難の飯舘に人形《ひとがた》のように鎮もる老人ホーム

海に沿う町がさらわれのっぺらぼうの太平洋が見ゆるかなしみ

請戸《うけど》川にのぼりくる鮭生《あ》れしときふるさとの川無疵《むきず》なりしよ

〃請戸小の奇跡〃と呼ばれしかの避難みんな助かりみんなバラバラ

原発マネーで建てられし請戸小　海風の吹き草に埋もるる

〈原子力明るい未来のエネルギー〉ルート２８８に真向く看板

この道は止まってはいけない国道　シーベルトの値どんどん上がる

志賀さんの請戸漁港に放射能しずかにつもる五年を飽かず

汚染水は希釈されつつ海へゆき漁業者たりしきみを泣かせる

濃きそれはタンク千個の闇の中トリチウムらが発光しおり

原発に抗して長き歳月がなお志賀さんの髪を白くす

三十年中間貯蔵をするという大熊・双葉にたれか帰れる

三十年後の最終処分地って　その時わたしは百歳になる

大熊・双葉は一坪の土地も渡すな国家が謝罪のひざを折るまで

棄民だなと口ごもるとき志賀さんの眼は請戸の海の色する

*

福島のフレコンバッグ※と白梅とほつほつ咲ける紅梅かなし

※放射能汚染廃棄物を入れた一トン袋

ゆけどゆけどフレコンバッグ視野に去らず浜通りの町南下しゆけば

富岡の〈夜ノ森桜《よのもりざくら》〉ふくらめどここより禁止の鉄柵がある

野積みされしフレコンバッグに桜散る夕べあるべし修羅のごとくに

宝鏡寺のご本尊様も戻らるる帰れぬ檀家あまたありとも

楢葉町の六百余年の古刹より梅檀《せんだん》の実を拾いてきたり

福島を訪うて四度目宝鏡寺の梅檀の木はことしも元気

汚染されし三百三十頭の牛　牧場に生きて塩と草食む

水を欲る動物あまた死なしめし国に抗して生かす人はや

＊

父としてわが子を抱けぬかなしみが線量高き渚歩ます

福島大熊町・行方不明の汐凪《ゆうな》ちゃんへ　以下十首

汐凪ちゃんの捜索の場所明かされず父は苦しむ国の「原則」

汐凪ちゃんが皇孫なれば神州の真砂路までを求めくれしか

未だ探し尽くしてもらえぬ七歳が写真にかざすこの世の海星《ひとで》

娘からのクリスマス・プレゼントという父の長き月日にお骨一片《ひとひら》

愛らしき瞳も四肢もくちびるも失せて父なる人の無念さ

魂魄となりて帰りぬ汐凪ちゃんにひまわりが咲く「おかえりなさい」

原発さえなかったら探せたという父の願いに神託降りよ

ただ一人線量高き海岸に子を訪う父を思いて眠る

雪の夜のポストを遠き海として宛先のない手紙差し出す

*

太陽のような柿なり翳りつくこのしあわせはささやかならず

友が庭にも埋められしままの汚染土　もうすぐ五年になるというのに

柿の実の葉擦れの跡を愛《お》しめども国家の理論あたたかからず

神々の深きためいき五年後を息吹きかえす原発いくつ

「津波だけだったら」良かったとう言葉のみこみながら福島はあり

白鳥は放射能なき北を指す野馬土《のまど》の空を低く飛びつつ

わかったような顔などするな訪うところところにひらく白梅の花

とどのつまり他人の痛みはわからぬと言って咲くのか桃・梅・桜

北に棲む部外者われか新聞の線量などは朝々に見ず

3・11はサンガツジウイチニチと読むのだと言われしまらく胸衝かれたり

人を呑み膨れたるらしこの湾も訪うたび黙す松川浦は

落つる日と昇る月とのあわい飛ぶ機は三月の福島離る

*

東電の元請け下請け七次までありてこの世の命の値段

いまも日に二億四千万ベクレルが原子炉より漏れて風評

メルトダウンなければきっと頷きぬ「とまりん館」※の説明を聞く

※泊原子力発電所ＰＲセンター

原子炉の模型はなにも語らないデブリの行方妖と知れずも

高レベル核廃棄物処分場の決まらぬままにおおかたは死す

そのころにわたしは野に咲く花となる廃炉のことを聞く耳がない

これがまあデブリの塊か瞬殺の　ながくながく騙されいたりき

〈絶滅のこと伝はらず人類忌〉正木ゆう子の句を書きとめる

免罪符のように「福島」詠みながら二進《にっち》も三進《さっち》もゆかぬわたくし

将来に子を産めるかと問うていし福島の少女のそののちを知らず

ティーポットの林檎に紅茶をそそぎおり内部被曝はなきこととして

非力とうワード浮かばすうつしよに原子炉の火がつぎつぎ灯る

弱きものが謀られていくこの星に人類のみが絶えますように

くちびるを鋭《と》くかみしめし震災の傷深くして詩歌翳りぬ

月読みは陸《くが》を照らせりたたなわる葦原の風ことばとなれよ

月の夜アンモナイトがぞろぞろと海の錘となりて還らん

銀河系に水惑星の滅ぶときアンモナイトはその眼を閉ざす

秋

石狩の砂丘にみだるるハマナスの朱実は低し風のかたちに

なりたてのハマナスの実の硬きこと触れつつ言いてだあれもおらず

水ぎわに砂の少年あらわれて素足に摘めり浜防風《はまぼうふう》を

きのうまでの雨に濁りて青からぬ石狩川の汽水のあたり

海色をだんだら縞に染めわけて日暮るるまでの潮《うしお》の力

石狩の画廊に逝きし渋井氏の未完のままの絵砂丘に続く

*

三千の柿の実照れる夕景を持てるきみなりその木守柿

三千の柿の実のなる友が家に〈柿もぎ隊〉が訪《おとな》うらしき

まなうらに柿の実の照る夕焼けを一呑みにして干し柿を食ぶ

風つよき寿都《すっつ》の冬の寒きこと弁慶岬の秋風に聞く

鰊漁に沸きたる町の痕跡をしずめて温き秋の陽だまり

寿都とう入り江の町に11基の〈風力《風》発電機《車》〉回りて丘陵低し

一片が緋の色となり満天星はやがて一つの炎となりぬ

大いなる鈴懸の樹に実のゆれてやっぱり気前のいい人が好き

*

針葉樹のみを残して色のなき紅葉山《もみじ》とう標識を過ぐ

芦別岳より下りくる夕張川《ユーバロ》かおりおり白き痩身を見す

カラマツの林かそけし高きより金茶色せる針の降りくる

夕張をしのびて名付く〝夕炭都《ユウタンツ》〟ソバ打ち同好会の看板

新ソバのほのかに甘き〝ユウタント〟古民家の床ギシギシと鳴る

スクリーンと同じ黄色のハンカチが炭住失せし跡地になびく

廃線となる十三里《とみさと》駅の鉄錆は百年ほどの盛衰の跡

夕張の坑に眠れるたましいの「地底のうた《ちぞこ》」は幻聴ならず

剥落の山に夕暮れせまりくる亡き人たちの宴のために

国策に従い生きし人々の営み消えて小さきスーパー

*

陽に透きて黄葉となるギボウシを刈ればあふるる真夏の水が

あかときの今日の体力ひたひたと潮寄すごとき白秋である

あらくさに煌めきはじむ水のつぶ時雨のあとの光の中に

はつ冬の氷雨に打たれなお燃ゆるどうだんつつじの赤き残像

凍てながら咲いているのか香草の淡き小花に蜂が巡り来

あめ色になりし紫蘭《シラン》は引かれなく48キロの体力に耐う

ひと夏の枯れ葉が作るパッチワーク展げたような庭のおしゃべり

一頭のぼろぼろの蝶はわたくし霰《アラレ》降りくる明日の暗転

友ら

いつも同じ夫婦茶碗を焼く友よ一夫一婦制はそうだ正しい

犠牲《いけにえ》の犬と四つの祭具もてあわれ会意の「器」となりぬ

蛇口より落つる雫のあつまれば水惑星の器にかえる

オジギソウに手触れ遊びきあの夏の燦々誰といたのだったか

池に寄すさざ波にさえ眩《くら》みいる幼馴染は共に老いたり

文旦の実の成るまでは生きぬよと友はやさしく念押しくるる

*

わが胸にメタファーとしてふれもせずベトナム戦争語りききみは

ダージリンがポットに沈み揺れていきつかのまわれら恋人未満

ぼくたちはともだちだった青春の橋を危うくわたりきたりて

ドバイよりの機上に客死せるきみのたましいはまだアラビアの空

冬空にきみの遺稿を束ね焼くあばら一本燃やすごとくに

サラダ油の浸みて歌稿は青く燃ゆ七十年を炎となして

口中に紙焼く匂い残りたりきょう一日をわがために泣く

今生のいのちうつくし班雪《はだれゆき》降りいる庭の黄菊を摘めり

*

七十歳《ななじゅう》は子供にかえるこころなり氷雨のキャンプ場に人なく

原《はら》ちゃんが採り置きくれしキノコ入れ大鍋まずはカムイに捧ぐ

体幹の芯まで冷えて熾す火の灰まで恋し人を想えば

雨ふふむ草野の匂い樹の湿り森の冷気は肺胞に充つ

当別と青山ダムと二つ過ぎ幽か色づく黄葉さがす

*

上野駅公園口に待ち合わす夫なきひとと夫なきわれと

東京はあなどるべからずパンダいる園の広きにわれら迷えり

鷗外が『舞姫』書きし上野邸戦火のがれしモチノキとあり

浅草の「どぜう屋」の粋《いき》　七輪の養殖泥鰌の熱々喰わす

仲見世をもまれ歩めり外つ国の言葉とび交う坩堝《るつぼ》みたいな

観音堂に近き「六区」の娯楽街家居の低さにほっと緩びぬ

数うれば喪いし友ら紛れいる上野をめぐる循環バスに

関東の黄落はまだ大手門くぐりて皇居はるか青かり

*

髪冷えて夜は氷雨となるころか貘のようなる友みまかりぬ

友の死を給いたる日よ星散の小さき光ひとつ失う

いまごろは青き煙となりたまう春の入り野のさ牡鹿きみは

塩漬の花びら浮かすガラス器は水棺として冷えてゆくなり

雀きて鵯の来てうら哀しわたしを過ぎて還らぬ人ら

心地よきレム睡眠へ誘えるＣＤに聴く寺山修司

霞草を赤ん坊の溜息《ベイビーズ・ブレス》と訳されし春日井建氏そのころの息

冬

篠路《しのろ》の地に四十年を棲み分けし野ネズミ一家とこの頃会わず

石狩川の水脈しるき地に棲みて浮き舟に乗るひとりとなりぬ

ささやかな満開となるホトトギス石狩平野に雪虫近し

雪虫のほか見当らぬ冬空に鉄線のつる風を掴めり

草ぶどうと誰が名付けし海色の冥きを食めば雪降りはじむ

末枯れつつなお雪に立つホトトギス野にあるものの異形うつくし

新雪のまぶしすぎたり〈しろそこひ〉古き呼び名を言いつつ歩む

キシキシと雪踏みゆけばとおき日の炎に焼くる火蛾の匂いす

妖として静けくもある人気《ひとけ》なき医院にインフルエンザ打ちたり

＊

冬の日に保護せし雀のうつくしき胸毛の密をつばらかに見つ

死のきわに風切羽を広げ見す飛翔の雀かくありしごと

手のひらに雀の軽きむくろ乗すヒトの臓腑の重さ思いつつ

窓ガラスを結界として雀らを五十センチの近さに見つむ

雪をつき啄みに来る雀らは雪中行軍の戦士に似てる

自衛隊駐屯隊の市中パレード　雀はいつも武器を持たない

一羽発てばいっせいに飛び立つ雀　戦争は否と思う雀も

満天星を揺らし飛びくるスズメ目ハタオリドリ科の雀と遊ぶ

満天星はうれしそうなり雀らが繭玉のごと止まる冬の日

涙ほどの雀の餌代含みつつノートの食費なおも約《つま》しき

存外に鋭き眼を持つ雀　雀焼とう記憶のこりて

*

全身に貼りつけてゆくホッカイロ零下八度のビラ入れの朝

麻痺の身にやがて厳しき朝ビラはツララとなりて立ちたるここち

三百枚配りしビラの一行が働きすぎる君に届くか

過労死とうはかない白さコピー紙が一枚一枚吐き出されゆく

久しぶりに大《だい》さんがきて盛り上がるビラ入れし後のコーヒータイム

＊

冬空の一点暗み雪おんな鮭一本を届けくれたり

いつかみなシングルになる冬の夜のちあきなおみは何処に生きむ

アンパンの笑くぼの凹《へこ》み並びいるパン屋のパンにほほえみ返す

焼きたての香りもジップに閉じ込めて冷凍庫のパンしばらく平和

ドクダミ茶の花は揺れいるガラス器に摘みたる夏の光とともに

繊月の頭上はるかな金星をつかのまに見て軌道を追わず

キンセンカの種ほぐしつつ読む〈勤勉を継ぎたる島の金盞花〉※

※花谷和子句

雪掻きて冷えしわが身を温むる胃の腑のあたりに熱き生姜湯

雪深く冬虫夏草《とうちゅうかそう》ら眠りいる季《とき》待つちから秘かなりたり

新芽まだ芽吹かぬころかきさらぎの雪は仄かに玉子色せり

私

テレビ塔はヒーローだった　ぼくたちはいま地下街を巡るモグラよ

学舎《まなびや》の庭と遊びし中島の銀杏並木も幼なかりしか

「疲れた」と言えば黙して迎えくれる大き机と尾を振る犬と

いくたびもわれの居場所を確かめて午睡にもどる犬の眠い目

犬といる安楽椅子のわたくしの夜の体液とろりと眠い

かたわらに胎児のごとき象《かたち》して眠れる犬は不義の子なりや

不義の子をかき抱くまではげしかる恋もあらざりねむの花咲く

TVの音量部屋にあふれたり耳の水位に届かんとして

お揃いの湯呑茶碗が欠けてゆく鬆《す》の立ちしわが骨によく似て

白魚の指なら似合う指輪なれ　どうにもならぬことのいろいろ

親譲りの骨の太さよまがなしくうすきちちふさ貼りつけ歩む

口紅の〝まばゆい美貌〟と書かれあるキャッチコピーをゴミ箱に捨つ

甘酢ゆき〈よいとまけ〉食めばまたひとつ死語の森へと近づくことば

魚尾という和綴じのしるし美しく原稿用紙の変わらぬ不思議

道わたる刹那せつなに遅れゆくわたしをたれか哀しみくるる

半身が眠くて重いトルソたち始発のバスにグラリと揺れる

降りてくる歌の神様待っているいびつな林檎転がしながら

何もかも置いて旅立つ日のあらん蝶のなきがら風に震える

＊

書道へと傾きし日に拓本の開通褒斜道刻石《かいつうほうやどうこくせき》※を愛ず

※漢代の隷書

孔明も玄徳も見しや千尋の谷に彫られし大き文字群

中国の四千年の意志を見き磨崖の文字の欠けていたるも

楽毅論《がっきろん》の臨書に目見ゆ光明子、四十四歳《よんじゅうよん》の権勢の筆

高野切第一種の臨書掲げおくとおくはるかにおよばざるもの

楷・行・草・篆《てん》・隷《れい》・仮名《かな》の書体恋う若きわたしをいまは許せり

わたくしの一部なりしか墨の字がなお鬱然と壁に下がりぬ

*

駅なかの〈妙夢〉という石円《まど》かにて人を待つときわれは迷わず

億年を琥珀の中にひそみいし翅ある虫が眼に棲みはじむ

まなうらに虫の化石をねむらせて深夜のラジオに耳たぶは冷ゆ

父を棄ておのこ棄てきし一生《ひとよ》ゆえ人形一体捨てられぬなり

ミルク飲み人形ならば良かったのに大腸検査はもう×《バツ》にする

滑りどめつけて歩める冬の靴いくたびか世をふみ外しきて

騙すというワードこの頃お気に入り国家と男子騙してみたく

眼鏡を洗面台に洗いつつ今日見しことをつるりと忘る

マヒ痛が高慢の日々をたしなめる薔薇の棘よりやさしけれども

あと少し余りていいるか吾の時間アールグレイは雨に匂えり

戦争の木

「平和ぼけ」したのはあなた〈赤い背中の少年〉※を忘れたために

※長崎市の故谷口稜曄《すみてる》さん、被爆した背中の写真で世界に知られた

「平和ぼけ」したのはわたしシベリアの朽ちし墓標に蝶の乱舞す

朝光《かげ》に原爆ドームの見ゆるころ川は幽かににおいはじめる

被爆せし八十九人の先輩の「全損保の碑」は緑陰にあり

被爆樹のアオギリ二世あおあおと初夏《はつなつ》の空に戦《そよ》ぎていたり

資料館をゆっくり巡るベール被《かぶ》く女《ひと》と一緒の歩幅で歩む

被爆ののち農耕馬として働きし口なく足なき剝製一体

はるかなる「パリ国際武器見本市」ファッションのみにあれかしパリよ

被爆と被曝二つある国のかなしさ原子炉と武器売り歩く

※大道寺らが止《と》められざりき武器商人、三菱重工息ふきかえす

※大道寺将司・1974年三菱重工爆破事件などに連座

獄死せるきみの思想を哀しめりかけ間違えしいのちの釦

首吊りの刑ある世なり謀叛とう原罪ならばわたしにもある

＊

横を行《ぎょう》・縦の並びを列《れつ》として雨にけぶれる学徒征かしむ

料金受取人払郵便

札幌中央局
承認

2511

差出有効期間
平成30年4月
30日まで
●切手不要

郵便はがき

060-8787

札幌市中央区北三条東五丁目

株式会社 共同文化社 行

お名前　（　　歳）

〒　（TEL　－　－　）

ご住所

ご職業

※共同文化社の出版物はホームページでもご覧いただけます。
http://kyodo-bunkasha.net/

愛読者カード

お買い上げの書名

お買い上げの書店

書店所在地

▷あなたはこの本を何で知りましたか。

1 新聞(　　　　　　)をみて
2 雑誌(　　　　　　)をみて
3 書評(　　　　　　)をみて
4 図書目録をみて
5 人にすすめられて
6 ホームページをみて
7 書店でみて
8 その他
(　　　　　　)

▷あなたの感想をお書きください。いただいた感想はホームページなどでご紹介させていただく場合があります。

〈個人情報の取扱いについて〉

(1) ご記入いただいた個人情報は次の目的でのみ使用いたします。
・今後、書籍や関連商品などのご案内をさせていただくため。
・お客様に連絡をさせていただくため。

(2) ご記入いただいた個人情報を(1)の目的のために業務委託先に預託する場合がありますが、万全の管理を行いますので漏洩することはございません。

(3) お客様の個人情報を第三者に提供することはございません。ただし、法令が定める場合は除きます。

(4) お客様ご本人の個人情報について、開示・訂正・削除のご希望がありましたら、下記までお問合せください。

〒060-0033　北海道札幌市中央区北３条東５丁目　TEL:011-251-8078／FAX:011-232-8228
共同文化社：書籍案内担当

ご購入いただきありがとうございました。
このカードは読者と出版社を結ぶ貴重な資料です。ぜひご返送下さい。

御名《ぎょめい》・御璽《ぎょじ》、軍隊手帳に略されき草莽として戦死の父ら

レイテより泳いで還る子の夢を見し母ありき日本の母は

敗戦を知らぬ零戦うつくしき南の島の魚礁となれり

戦陣訓を守り果てにき死者こぞり「わが軍」と聞かばガバと起ちたり

インパール・ラーゲル・南京・特攻隊・ガマ・タコ・マルタ書けば一行

朱鞠内の笹の葉群れを墓標とす還らぬ人の風となる声

苦しみて『笹※の墓標』は顕ちいたりわが父母の若き昭和に
※森村誠一著

タコ部屋の記録のこして鎮もれる朱鞠内湖の水青めるや

カタカナはきらいですヒロシマ・ナガサキ・ラッキードラゴン※そしてフクシマ
※米国人ベン・シャーンが第五福竜丸を描いた連作

千夜一夜シェヘラザードがものがたる憧れし地の戦火は絶えず

アッラーも不実の世なり海岸にシリアの子らが打ち寄せられて

*

吾亦紅《われもこう》黒くなる夏　戦闘機ついに大地に刺さるまぼろし

空を裂く航空ショーの爆音の三百六十五日ありて沖縄

辺野古より三千キロを隔つとき北に棲めるは沸点低し

子よ母は乳呑児にして知らざりき広島・長崎・沖縄の夏

ガマの中に火のつきしごと泣く赤子　口塞がれしわれかも知れず

鬼百合の反りてかなしも敗戦の七十年のこの反動ゆ

憲法は脅《おびや》かされつあずさゆみもとの姿に美しくとどめよ

おろおろと七十年目の春がきて戦争の木が太りはじめる

「わたしたち戦争の木に水はやらない」原告団の一人となりぬ※

※2017年1月　安保法制違憲訴訟・札幌地裁

夏空の光あまねし地裁への石段踏みてこころふるえる

百年はまぼろしのごと戦争を記憶するもの消えてゆきたり

跋

那須　愛子

下沢風子さんは昭和二十年三月鎌倉の生まれ。職場で結ばれたご夫君は平成八年に逝去され、ご自身も五十五歳で病を得て尚、静かな佇いに秘めた情愛は変わることなく、長年研鑽された書道の筆をマヒの身に奪われて後は短歌を表現手段とされて、今は札幌に愛犬と暮しています。平成十九年第52回北海道歌人会賞を、二十五年第一歌集『光の翼』で北海道新聞短歌賞を受賞された風子さん。作品はもとよりその生き方をも私は共感敬愛し、「歌群」の歌友である身が嬉しくてつい身の程知らずにも跋文など引き受けてしまいました。

春の戸に風の門あるばかりずんずんと来よスミレかかげて

メーデーに咲きさかりいる山桜この会場にきみいて欲しき
花嵐吹きてたちまちこぼれくるナナカマドの樹の春の言付け
ヨモギの葉の白きを摘めば切り口に春の大地の水のあふるる
草ぶどうと誰が名付けし海色の冥きを食めば雪降りはじむ

なんと詩情豊かに目に浮かぶ花たち。抒景でありながらそれぞれが物語を持って立ちあがる。風子さんは「植物に語らせる詩人」だと思います。

「母と父と」「夫と子ら」の項には、解説は要らない。幾多の苦難と愛憎、乗り越えてきた全てを包む慈しみを感じます。

「しみ豆腐はねそおっと押すの」母さんの薄きてのひら　幸せだったか
基督に許されしとも父はなおわたくしにイスカリオテのユダ
背骨のみ残して食みき角皿の秋の魚と彼と帰らず
おのこごは黙って舟を漕ぎいたり溺れそうなる母を抱えて

良きおのこ得てわたくしを捨てゆける娘の巻くストール野火の火の色
より目してむし笑いして眉根寄す泣いて赤子は系譜をつなぐ
シンデレラの靴となるべしおさなごは矯正靴を履きて歩める

命をいとおしみ一瞬の輝きを捉える目は、社会の美醜をも捉えます。とりわけ3・11の悲惨。表面の復興は始まっても、人間の暮しと心は放置分断されたまま忘れられようとする世相、「これは日本の、世界の、そして私の問題」として風子さんは詠います。

はっきりとヒトの滅びを意識する9・11、3・11以後のわたくし
〝請戸小の奇跡〟と呼ばれしかの避難みんな助かりみんなバラバラ
棄民だなと口ごもるとき志賀さんの眼は請戸の海の色する
東電の元請け下請け七次までありてこの世の命の値段
ゆけどゆけどフレコンバッグ視野に去らず浜通りの町南下しゆけば
汚染されし三百三十頭の牛　牧場に生きて塩と草食む

未だ探し尽くしてもらえぬ七歳が写真にかざすこの世の海星《ひとで》
将来に子を産めるかと問うていし福島の少女のそののちを知らず
「津波だけだったら」良かったとう言葉のみこみながら福島はあり
免罪符のように「福島」詠みながら二進《にっち》も三進《さっち》もゆかぬわたくし

フレコンバッグは「放射能汚染廃棄物を入れる一トン袋」と註釈がありました。逃れられない現実。「ありのままを自分の言葉で表現する」辛い作歌に挑まれた風子さん。ここには原発事故の責任を訴訟に問う志賀さん・汐凪ちゃんを捜し続けるお父さん・宝鏡寺のご住職・汚水を汲み出す作業員・被曝の地に生きる牛、植物、そして多くの人々、個々の必死な在り様が浮きぼりになっていて、心に痛く響きます。

柔かく鋭い独自の社会詠と境涯詠に限らず、友とのふれあい・旅行詠・季節の移り、何をモチーフにしても下沢作品には、焦点の確かさと弱者に寄り添う視点と含羞があります。

生涯にたった二人の子を産みき春は流離の卵《らん》を思うも
蔓あじさいとなりて一木《いちぼく》巻きしむる殺むるごとき恋のありしか
篠路の地に四十年を棲み分けし野ネズミ一家とこの頃会わず
末枯れつつなお雪に立つホトトギス野にあるものの異形うつくし
雪をつき啄みに来る雀らは雪中行軍の戦士に似てる

感動の一巻は「戦争の木」の項に収斂されていきます。

「平和ぼけ」したのはあなた〈赤い背中の少年〉を忘れたために
「平和ぼけ」したのはわたしシベリアに朽ちし墓標に蝶の乱舞す
被爆せし八十九人の先輩の「全損保の碑」は緑陰にあり
レイテより泳いで還る子の夢を見し母ありき日本の母は
空を裂く航空ショーの爆音の三百六十五日ありて沖縄
ガマの中に火のつきしごと泣く赤子　口塞がれしわれかも知れず

「わたしたち戦争の木に水はやらない」原告団の一人となりぬ
（2017年安保法制違憲訴訟・札幌地裁）

作品そのものが語っています。甦る景、懐かしい人々、幼子が大人になる頃日本はどうなっているのか。時には見せる激しさとまっすぐな思いに、つくづく「優しさは強さ」これが下沢風子の作品であり人間なのだと思います。風子さんは自由な詩人。ずっと自由な世でありますように。

あとがき

本書は第一歌集『光の翼』より五年後の集となります。考えてもみなかった第二歌集の発行は、福島の原発事故によるところが多いです。誰も責任をとらない不思議、被災者の未曾有の困難に追討ちをかける自己責任論、子供たちの未来の不安など諸々の無力感に促されたような気がします。思えば前集発行のきっかけもまた3・11の衝撃でした。

一緒に福島を訪れた那須愛子さんは〈被災の地を訪ぬる不遜か関はらぬ不遜かいづれ　人はかなしき〉と詠んでいます。被災していない者が、観光でないとはいえバスで被災地を巡り、畑の中に転っている漁船、倒壊した家屋を見、飯舘村の人が避難されている仮設住宅を訪い、集会所でお話を聞く、それは不遜ではないのか。歌に詠むなど許されるのか。福島を訪うたび考えてきたことでした。またごく一部を見、ごく一部の人に触れた限りを詠うことにも迷います。どんなご叱責もお受けするつもりです。

題は楢葉町・宝鏡寺の境内の梅檀《せんだん》の木（六月ごろ淡紫色の花が咲く）から付けました。三月十一日の福島はまだ寒く、銀杏のような梅檀の実がたくさん石段に落ちていました。ご本尊様と一時避難されていたご住職が、墓ごと移転して行く壇家を見送りながら、「若い人が還れない町に将来の希望がありますか、廃炉まで四十年を生きておれますか」と話されていたことが今も心にのこります。

集の構成は、前集と同じく時系列ではなく四季に分け、その間に家族や友の歌などを配しました。これらのわたくしごとは些事かも知れませんが、心身の大事な一部のような気がします。

前集より何の進歩もなく、反省のないまま上梓するのは厚かましくて躊躇しますが、先のない一生《ひとよ》と思い決心しました。

これまで歌の始めにおられた故菱川善夫先生、見守り続けて下さる松川洋子先生、山本司先生、西勝洋一先生に深く感謝申し上げます。跋文を快くお引受け下さった那須愛子さん、万事に疎い私を励まし続けてくれた会の皆さん、足が悪くても福島へ案内してくれた「旅システム」さんありがとうございます。㈱アイワードの佐藤せつ子様にも大変お世話になりました。そしてお読み下さった皆様にも、心からお礼申し上げます。

二〇一七年一二月

下沢　風子

著者略歴

下沢《しもさわ》 風子《ふうこ》（本名瑛子《えいこ》）

昭和 20 年 3 月 1 日　神奈川県鎌倉市生

平成 16 年　風の会結成　会員

平成 20 年　北海道歌人会入会

平成 21 年　歌群入会

平成 25 年　太郎と花子入会

平成 27 年　かぎろひ入会

平成 19 年　第 52 回北海道歌人会賞受賞

平成 25 年　第 28 回北海道新聞短歌賞受賞

〒002-8021　札幌市北区篠路 1 条 3 丁目 3-8

歌集　栴檀の木

２０１７年11月25日　初版発行

著　者　下沢　風子

発行所　株式会社 共同文化社
〒０６０-００３３
札幌市中央区北３条東５丁目
電話　０１１-２５１-８０７８
http://kyodo-bunkasha.net/

印　刷　株式会社アイワード

ISBN 978-4-87739-306-9　C0092